AF451518

Collection de M. Victor BOULANGER

DESSINS

IMPRIMERIE LEMARIE

CATALOGUE

DE

DESSINS

PAR

**Baron, Bida, Rosa Bonheur, Bonvin, Brown, Decamps,
Delacroix (Eugène), Delaroche, Detaille,
Isabey, Jacque (Charles), Lambert, Marilhat,
Meissonier, Pils, Prud'hon, Robert-Fleury,
A. Scheffer, Tassaërt, Troyon, Veyrassat, Ziem, etc., etc.**

COMPOSANT LA

Collection de M. VICTOR BOULANGER

DONT LA VENTE AURA LIEU

HOTEL DROUOT, SALLE N° 8
Le Jeudi 19 Février 1880,

A DEUX HEURES.

COMMISSAIRE-PRISEUR	EXPERT
Mᵉ CHARLES PILLET	M. GEORGES PETIT
10, rue de la Grange-Batelière.	7, rue Saint-Georges.

Chez lesquels se trouve ce catalogue

EXPOSITION PUBLIQUE : le Mercredi 12 Février 1880,
De une heure à cinq heures.

CONDITIONS DE LA VENTE

La vente se fait au comptant.

L'acquéreur payera *cinq pour cent* en sus des enchères applicable
aux frais.

Paris. — Typ. PILLET et DUMOULIN, 5, rue des Grands-Augustins.

DÉSIGNATION

ANDRIEUX

1 — Un Guitariste.

Dessin à la plume.

BARON

2 — Les Jeunes mères.

Aquarelle.

BARON

3 — La Séance du modèle.

Aquarelle.

BIDA

4 — La Partie d'échecs.

Dessin.

BIDA

5 — La Lecture du Coran.
Dessin.

BIDA

6 — Assemblée de Docteurs juifs.
Dessin.

ROSA BONHEUR

7 — Bœufs dans un pâturage.
Daté 1855.
Crayon noir.

ROSA BONHEUR

8 — Berger dans les landes.
Dessin.

BOULANGER
(LOUIS)

9 — Le Contrat interrompu.
Aquarelle.

BONVIN

10 — Femme à son rouet.
Dessin.

BRION

11 — Musiciens alsaciens.
Dessin.

BROWN
(J.-L.)

12 — Reconnaissance de hussards.
Aquarelle.

BROWN
(J.-L.)

13 — La Promenade sur la plage.
Aquarelle.

BROWN
(J.-L.)

14 — La Reconnaissance.
Aquarelle.

BROWN

(J.-L.)

15 — La Halte.

    Aquarelle.

BROWN

(J.-L.)

16 — En chasse.

    Aquarelle.

BROWN

(J.-L.)

17 — Cavaliers en reconnaissance.

    Aquarelle.

BROWN

(J.-L.)

18 — Un Campement arabe.

    Aquarelle.

BROWN

(J.-L.)

19 — Le Repas des chasseurs.

Aquarelle.

BROWN

(J.-L.)

20 — Batterie d'artillerie en mouvement.

Aquarelle.

COMBA

(P.)

21 — Un Régiment de cavalerie.

CORTONE

(PIERRE DE)

22 — Entrevue de Coriolan et de sa mère.

Dessin à la plume.

DECAMPS

23 — La Sultane favorite.

Aquarelle.

DECAMPS

24 — Chasseur à l'affût.

Sépia.

DECAMPS

25 — Village au bord de l'eau.

Sépia.

DECAMPS

26 — Chasseur et ses chiens.

Sépia.

DECAMPS

27 — Turc assis, fumant sa pipe.

Sépia.

DECAMPS

28 — Italienne en pèlerinage.

Sépia.

DECAMPS

29 — A la fontaine.

Dessin.

DECAMPS

30 — Le Ruisseau.

Dessin.

DECAMPS

31 — La Maison turque.

Dessin.

DECAMPS

32 — Femme mauresque revenant de la fontaine.

Dessin.

DECAMPS

33 — Tête d'âne.

Dessin.

DECAMPS

34 — Paysanne.

Dessin.

DECAMPS

35 — Juif arabe.

Dessin.

DECAMPS

36 — Laveuses à la fontaine.

Dessin.

DELACROIX

(EUGÈNE)

37 — Grec blessé.

Aquarelle.

DELAROCHE

(PAUL)

38 — Scène la Saint-Barthélemy.

Aquarelle.

DELAROCHE

(PAUL)

39 — Moine lisant.

Dessin.

DELAROCHE

(PAUL)

40 — Portrait du pape Grégoire XVI.

Vente Paul Delaroche.
Dessin.

DETAILLE

41 — Cuirassier à cheval.

Dessin lavé à l'encre de Chine.

DETAILLE

42 — Arabe en voyage.

Dessin.

DEVEDEUX

(L.)

43 — Un Château.

Dessin rehaussé.
Daté 1858.

DORÉ

(GUSTAVE)

44 — Dante et Virgile aux enfers.

Lavis.

FRANCIS

45 — Ratiers.

Aquarelle.

ISABEY

46 — La Rencontre dans le parc.

Aquarelle.

ISABEY

47 — Gros temps.

Aquarelle.

ISABEY

48 — Un Mariage.

Aquarelle.

JACQUE
(CHARLES)

49 — Poulailler.

Dessin.

JACQUE
(CHARLES)

50 — Un Frère ignorantin.

Forme ovale.
Aquarelle.

JACQUE

(CHARLES)

51 — Troupeau de moutons rentrant à la bergerie.

Aquarelle.

JOHANNOT

(ALFRED)

52 — Le Plan de campagne.

Dessin..

LAMBERT

(EUGÈNE)

53 — Les Lapins.

Dessin.

LAMI

(EUGÈNE)

54 — Une Demande en grâce.

Aquarelle.

LAMI
(EUGÈNE)

55 — Les Bataillons carrés.

Aquarelle.

LEBEL
(E.)

56 — Italienne à la fontaine.

Aquarelle.

LEFEVRE
(AD.)

57 — Dans l'atelier.

Aquarelle.

LEFEVRE
(AD.)

58 — Le Rendez-vous.

Aquarelle.

DE LEMUD

59 — Le Rendez-vous.

Le Grenadier.

Aquarelles.

MARILHAT

60 — Vue d'Égypte.

Dessin.

MEISSONIER

61 — Manon la couturière.

Dessin tiré des chansons populaires de France.

MEISSONIER

62 — En avant.

Dessin.

MEISSONIER

63 — L'Atelier.

Dessin.

MEISSONIER

64 — Gentilhomme.

Dessin.

MEISSONIER

65 — Gentilhomme essayant une épée.

MOLIGNON

(L. DE)

66 — L'Été.

L'Hiver.

Dessins.

NOGUÈS

67 — Quatre têtes au pastel.

PILS

68 — Batterie d'artillerie au galop.

Dessin.

PILS

69 — Sentinelle sur un bastion.

> Aquarelle.

PRUDHON

70 — Étude de femme.

> Dessin.

RAFFET

71 — Un Convoi de blessés.

> Dessin.

RICHOMME

72 — Mendiante italienne.

> Dessin.

ROBERT-FLEURY

73 — La Partie de cartes.

> Aquarelle.

ROBERT-FLEURY

74 — Saint-Augustin.

Aquarelle.

ROBERT-FLEURY

75 — Un Concile.

Dessin.

ROQUEPLAN

(CAMILLE)

76 — La Cueillette des cerises.

Aquarelle.

ROQUEPLAN

(CAMILLE)

77 — Bords de mer.

Aquarelle.

ROQUEPLAN

(CAMILLE)

78 — Tête de femme.

Fusain.

RUGENDAS

79 — Une Bataille.

Dessin.

SAUNIER

(OCTAVE)

80 — Le Chat sauvage.

Aquarelle.

SAUNIER

(O.)

81 — Faisans.

Aquarelle.

SAUNIER
(O.)

82 — Canards sauvages.
   Aquarelle.

SCHEFFER
(A.)

83 — Les Adieux de Louis XVI à sa famille.

SCHELFHOUT

84 — Les Patineurs.
   Aquarelle.

SEIGNEURGENS

85 — Le Saltimbanque.
   Dessin rehaussé.

TASSAERT

86 — La Fuite en Égypte.
   Dessin.

TASSAERT

(O.)

87 — La Lecture de la Bible.

Lavis.

TRIMOLET

88 — 24 Dessins originaux pour les chansons populaires de France.

Dont détail ci-dessous :

1 — La nouvelle Bourbonnaise.

2 — La nouvelle Bourbonnaise.

3 — Fanchon.

4 — La Tentation de saint Antoine.

5 — La Tentation de saint Antoine.

6 — La Tentation de saint Antoine.

7 — Une Nuit de la Garde nationale.

8 — Une Nuit de la Garde nationale.

9 — Le Roi d'Yvetot.

10 — Le Roi d'Yvetot.

11 — Te souviens-tu.

12 — Te souviens-tu.

13 — Tableau de Paris à cinq heures du soir.

14 — Paris à cinq heures du soir.

15 — Le Chant du départ.

16 — Le Chant du départ.

17 — Le Chant du **départ**.

18 — La Bourbonnaise.

19 — La Bourbonnaise.

20 — Paris à cinq heures du matin.

21 — Aspect de Paris à cinq heures du matin.

22 — Paris à cinq heures du matin.

23 — **Paris à cinq heures du matin.**

24 — Malgré la bataille.

TROYON

89 — Le Moulin à vent.

Dessin.

TROYON

90 — Chêne au bord d'une mare.

Aquarelle.

TUSQUEZ

91 — Gentilhomme Henri II.

Aquarelle.

VERNET

(HORACE)

92 — Cavalier tenant son cheval par la bride.

Dessin.

VEYRASSAT

93 — Chevaux de ferme.

Aquarelle.

VEYRASSAT

94 — Chevaux de halage.

Aquarelle.

VEYRASSAT

95 — L'Abreuvoir.

Fusain.

VEYRASSAT

96 — Les Chevaux de halage.

Aquarelle.

VOLLON

(D'APRÈS GÉRICAULT)

97 — Le Cuirassier.

Fusain.

VOLLON

(D'APRÈS GÉRICAULT)

99 — Hussard à cheval.

ZIEM

98 — Port de Marseille.

Aquarelle.

COYPEL

100 — Scène mythologique.

Dessin.

BAUDOUIN

101 — Le Lever de la mariée.

Dessin.

DIETRICH

102 — Apollon et Marsyas.

OVERLAT

103 — Dessin à la plume.

PRUD'HON

104 — Étude de femme.

RUGENDAS

105 — Bataille.

SWEBACH

106 — Attelage russe.

WATTEAU

107 — La Fête de Bezon.

108 — Sous ce numéro sont compris huit dessins
anciens.